SEXE,
DROGUES,
ROCK'N'ROLL,
ET LUMIÈRE BLANCHE.

BABIN Jérémie

À celle qui...
À mon père, qui doit être aux cieux.
Ô puristes !

Même parler aux gens très intelligents est difficile, mais si je m'assois et que je lis leurs livres, j'ai leurs pensées les plus perspicaces et réfléchies condensées dans une forme efficace et belle. Je peux apprendre des livres plus vite qu'en parlant à leurs auteurs.

AARON SWARTZ.

1

Si vous vous demandez pourquoi je tiens ce calibre vingt-deux dans les mains, prêt à me l'enfoncer dans la bouche et à appuyer sur la gâchette pour disperser ma cervelle contre le mur qui se trouve derrière moi, c'est que j'ai décidé de ne pas me suicider par pendaison. Non, c'est trop compliqué avec la corde. Et puis, je n'ai pas les couilles assez grosses. Avec le flingue, c'est instantané. Tu n'es pas là à te débattre comme un con jusqu'à l'arrêt respiratoire. Non, avec le flingue, tu es tout de suite séché.

Je m'appelle Jack Morrisey, j'ai trente-deux ans, et ma vie c'est de la merde.

Huit jours plus tôt.

— Salut Mickey.

— Salut Jack. Putain, t'as une sale gueule ce matin mec !

— Ouais, c'est ça, marmonné-je agacé et grognon.

— Oh, t'as mis ton costume de con aujourd'hui.

— Écoute. Il est cinq heure du matin, j'travaille dans une entreprise de merde, avec des collègues de merde. Si j'ai des raisons d'être content de m'trouver ici plutôt que dans mon lit avec ma copine, vas-y, donne.

— Merci pour moi.

— Non, j'parle pas pour toi Mickey.

— C'est bon, te justifie pas, j'ai compris.

— Oh et puis merde, va te faire foutre toi aussi ! dis-je en me dirigeant vers mon poste de travail.

Visser un bouchon en plastique avec la main droite sur une pièce métallique qui se trouve dans ma main gauche et déposer le tout dans un carton qui se trouve en face de moi. Voilà en quoi consiste mon job. Je dois répéter ce foutu geste neuf cent trente-six fois dans ma journée de huit heures. C'est le quota que la direction nous a demandé de faire, pour ne pas dire imposé.

Depuis que je travaille dans cette entreprise, ce qui fait maintenant huit putains d'années, mon salaire n'a pas trop évolué. Je touche environ cent euros de plus que le smic. Ça ne fait pas lourd mais c'est toujours ça de pris. Même si je déteste ce job, je dois avouer que c'est lui qui me fait bouffer.

Je me souviens de cette fois où j'ai essayé de négocier une petite rallonge sur mon salaire avec un membre de la direction. Monsieur Lederche. Un nom à la con mais un nom qu'il porte à merveille.

— Bonjour Monsieur Lederche. Voilà, je viens pour une augmentation, ai-je dit.

— Hmmm… Vous savez Monsieur Morrisey… J'ai regardé de très près votre production et il manque toujours quelques pièces à la fin de votre journée de travail.

— Il manque quoi, trente pièces ?

— Hier par exemple, il vous a manqué quarante-trois pièces.

— Et ?

— Eh bien, il manque trente-trois pièces. C'est énorme vous savez.

— Vous avez dit quarante-trois.

— … Oui, quarante-trois.

— … J'peux vous poser une question Monsieur Lederche ?

— Je vous écoute.

— Pourquoi ça vous fait autant chier d'me filer une augmentation ?

— Pardon ?

— Ouais ! J'ai vu la tête que vous avez faite quand je vous ai demandé une rallonge. Vous l'avez penchée sur le côté et vous avez eu un petit rictus gêné. Ça vous emmerde tant que ça d'me filer quelques euros de plus ?

— Quoi ?

— Vous cherchez toujours une raison pitoyable pour ne pas m'en donner une.

— Je vous demande de vous arrêter tout de suite Monsieur Morrisey ! m'a-t-il dit d'un ton supérieur.

— Je…

— Retournez à votre poste de travail. Sur le champ !

— Mais…

— À bientôt Monsieur Morrisey.

C'est de cette manière que ça s'est déroulé. Je me suis barré de son bureau sans le moindre centime de plus sur ma feuille de paie.

J'insère les écouteurs de mon baladeur dans mes oreilles et écoute un album des Beatles[1]. Le *White Album*[2]. C'est de loin le meilleur. Quand tu l'écoutes, c'est comme lire Alice aux

---

[1] Groupe musical britannique.
[2] Neuvième album des Beatles.

11

pays des merveilles.

— HEY JACK !

— PUTAIN MICKEY ! Tu m'as fait peur mec !

— Pardon Jack. Y'a plus d'électricité !

— J'vois ça. C'est cool, ça nous fait une pause.

— Ouais ! Dis-moi, comment va Jenny ?

— Ma femme va bien. Elle te passe le bonjour.

— Cool, c'est cool ! On va se prendre un café ?

— Non merci. Vas-y seul, j'vais fumer une clope.

— OK ! À toute Jack.

À l'extérieur du bâtiment, le froid se fait rude. Je sors de ma poche mon briquet et le pétard que j'ai roulé avant de partir de chez moi ce matin. Je l'allume et tire quelques lattes.

— Monsieur Morrisey ?

— Monsieur Lederche ? demandé-je apeuré.

— Je peux savoir ce que vous faites ici ? Pourquoi vous n'êtes pas à votre poste de travail comme tout le monde ?

— Y'a plus d'électricité, lui réponds-je en cachant le pétard derrière mon dos.

— L'électricité est revenue, dit-il avec autorité. Il y a une étrange odeur ici. Qu'est-ce que... C'est vous Monsieur Morrisey ?

— Non, non.

— Mais si c'est vous ! Ça sent la drogue ! Vous fumez du cannabis ! Vous vous droguez ? Ça ne m'étonne pas de vous ça Monsieur Morrisey.

— C'est rien, j'ai presque rien mis dedans Monsieur Lederche. C'est juste pour avoir le goût, c'est tout, expliqué-je angoissé.

— Je me moque de vos explications Morrisey. Suivez-moi ! Nous allons voir ce qu'en pense le président.

12

— Non, faites pas ça. Ça peut rester entre nous ?

— Certainement pas ! Je vais vous dire Morrisey, je ne vous aime pas. Je ne vous ai jamais aimé. À ce moment précis, vous faites de moi l'homme le plus heureux du monde. Je vous ai enfin attrapé, dit-il en se penchant vers moi avec un air sadique. SUIVEZ-MOI !

Je traverse le couloir qui mène au bureau du président directeur général et la pression commence à monter en moi. J'ai horreur de stresser, ça me fait comme une boule à l'estomac. Ça, c'est le problème numéro un. Le problème numéro deux, c'est que je commence à être défoncé. Et ça, c'est un sérieux problème.

— Bonjour président, dit Lederche avec son air faux-cul.

— Bonjour Monsieur Lederche. Comment allez-vous ?

— Ma-gni-fi-que-ment bien, je vous remercie président. Je vous amène quelqu'un.

— Oui, qui est-ce ?

— Un ouvrier que j'ai surpris à l'extérieur du bâtiment, pendant ses heures de travail, à fumer de la drogue.

— Son nom ? demande-t-il à Lederche en me regardant.

— Monsieur Morrisey, lui répond-il le menton en avant.

— Entrez je vous prie, me demande le président. Asseyez-vous.

— J'vais… J'vais rester debout. Non, j'vais vous écouter, je serai mieux assis… je pense, dis-je désorienté par les effets du pétard.

— Est-ce vrai ce que vient de dire Monsieur Lederche ?

— … Oui Monsieur.

— Vous êtes blanc Monsieur Morrisey, me dit le président. Vous vous sentez bien ?

13

— … Pour tout vous dire, pas trop. Pourriez-vous ouvrir une fenêtre ? Ou les deux ?

— Il est défoncé président, dit Lederche en pointant son doigt dans ma direction.

— Qu'avez-vous à dire Monsieur Morrisey ?

— … Un peu… Mais ça va pas tarder à passer, précisé-je. Nous parlions de fenêtre il me semble ?

— Non, nous ne parlions pas de fenêtre, répond le président.

— IL SE MOQUE DE VOUS ! hurle Lederche en agitant ses mains.

— Bon, très bien. Nous allons arrêter cette discussion qui ne nous mènera nulle part, dit le président. Monsieur Morrisey, vous venez d'être pris à fumer de la drogue dans l'enceinte de l'entreprise. Vous savez que cela est interdit. Par conséquent, vous êtes viré !

Les effets de la Marie-Jeanne disparaissent d'un coup. La sentence vient de tomber, je suis jugé coupable.

— Non, s'il vous plaît, ne faites pas ça, supplié-je.

— Notre décision est prise.

— Oui, notre décision est prise, répète Lederche en se frottant les mains.

— J'ai une famille, dis-je inquiet.

— Vous avez des enfants ? me demande Lederche.

— … Non, pas encore. Mais un jour peut-être.

— Très bien ! La réunion est terminée. Je vous invite à rassembler vos affaires et à quitter les lieux, annonce le président. Nous vous enverrons par courrier votre licenciement.

— S'il vous plaît, Monsieur…

— Je suis tellement heureux Morrisey, tellement heureux, ricane Lederche en me raccompagnant à la sortie.

2

Me voilà arrivé chez moi. Je descends de ma voiture et me dirige lentement vers ma porte d'entrée.

— Chérie ? Jenny ? C'est moi.

Aucune réponse. J'entends l'eau qui coule dans la salle de bains, elle doit être sous la douche. Je vais l'attendre dans la chambre. Je ne peux m'empêcher de penser à la réaction qu'elle va avoir lorsque je vais lui annoncer que je me suis fait licencier. Elle va me hurler dessus et c'est normal, j'ai fait le con.

J'entends des pas qui se dirigent vers moi. Je dois trouver les mots, je dois trouver les mots, je dois trouver les...

— JACK ? hurle-t-elle apeurée.

— JENNY ! crié-je à mon tour tout aussi effrayé.

— Qu'est-ce que tu fais ici ? Tu n'es pas au travail ?

— Non.

— Pourquoi ?

— Heu... Comment dire ça ? Je... J'me suis fait licencier.

— Quoi ? Merde ! Il s'est passé quoi ? me demande-t-elle très calmement.

— Je... J'me suis fait surprendre par Lederche en train de fumer un pétard.

— Ah merde !

15

— … Et c'est tout ?

— Quoi c'est tout ?

— Tu ne pètes pas un plomb ? Rien ?

— Que veux-tu entendre Jack Morrisey ? T'es qu'un con ?

— Ouais, par exemple.

— … Je ne me fais aucun souci pour toi, tu trouveras du travail, dit-elle en se dirigeant vers l'armoire.

— Tu n'es pas comme d'habitude Jenny. Y'a un truc qui tourne pas rond là.

— Arrête un peu Jack. Je n'ai pas envie de crier.

— Bah c'est justement ça le problème ! Qu'est-ce que tu as ?

— Rien !

— Si, dis-moi chérie. C'est tes parents ? Ils vont bien ?

— Ils vont bien, ce n'est pas eux.

— Ta sœur ?

— Non.

— Alors qui ?

— C'est moi Jack.

— Quoi toi ? T'es malade ?

— Non.

— ALORS QUOI ? T'AS QUOI ?

— JE SUIS ENCEINTE JACK ! JE SUIS ENCEINTE !

— Tu… Tu quoi ?

— T'as très bien entendu.

— Jenny, chérie, j'suis désolé. Oh mon Dieu ! Un bébé, on va avoir un bébé, toi et moi.

— Jack…

— Chérie, écoute, j'vais trouver un nouveau travail et…

— Jack…

— Et on va chercher une nouvelle maison, c'est trop petit ici. Il nous faut une chambre en plus.

— Il n'est pas de toi.

— Et une voiture... Quoi ?

— Je... J'suis désolée Jack.

— C'est quoi ces conneries ? Tu te fous de moi Jenny ?

— Non... Ce n'est pas le tien.

Je m'appuie contre le mur, mes yeux regardent dans le vide. Des coups de couteau transpercent mon corps à plusieurs reprises. Je suis peiné, en colère. Je suis trahi.

— Je suis désolée Jack, répète-t-elle.

— Désolée ? Pas autant que moi. Et... qui est l'enfoiré qui t'a écarté les cuisses ?

— Dis pas ça.

— QUI EST-CE FILS DE PUTE ? hurlé-je en tapant contre le mur.

— MICKEY ! C'EST MICKEY ! Ton pote, ton collègue. Arrête Jack, tu me fais peur. Arrête s'il te plaît.

— L'enfoiré ! Comment j'ai fait pour pas m'en apercevoir ?

— Comment ? TU VEUX SAVOIR COMMENT ? Tu n'es jamais là. Tu es toujours parti faire de la musique avec tes potes !

— Ta gueule Jenny !

— C'est quoi déjà le nom de ton groupe ? Les sous-marins ? Quelle connerie !

— Ta gueule j'ai dit !

— Vous êtes minables. Vous ne savez pas jouer. Tout le monde se fout de ta gueule et tu t'en rends pas compte.

— TA GUEULE !

— SORS D'ICI JACK MORRISEY ! Sors de chez moi ! Je ne veux plus jamais te voir, plus jamais.

Je me dirige précipitamment vers l'armoire et en sors un sac à dos ainsi que quelques vêtements que je glisse à l'intérieur.

— je te ferai parvenir le reste de tes affaires chez ta grand-mère. Je pense que tu vas retourner vivre là-bas, non ? me demande-t-elle d'un ton moqueur.

— J'y serai.

Je quitte la chambre et me dirige vers la porte d'entrée, ma sortie de secours. Aucun autre mot ne sort de ma bouche, aucune vulgarité. Je n'ai plus d'agressivité. Je ferme la porte derrière moi, marche vers la voiture puis monte à l'intérieur.

La pluie arrive.

Les gouttelettes d'eau qui coulent sur mon pare-brise effacent petit à petit les souvenirs qui se dressent devant moi.

Puis les éclairs déchirent le ciel.

Le tonnerre gronde.

Et les trombes d'eau qui s'abattent maintenant avec fracas sur cette plaque de verre ôtent brutalement ma vie d'avant.

Jenny a raison.

Les sous-marins, ça craint.

3

Partir loin de tout ce bordel, fuir le plus vite possible mais pas trop vite non plus, faut pas déconner. Je ne suis pas très loin du domicile de mon batteur. Je compte bien m'y arrêter quelques heures pour me détendre un peu. Je n'ai plus de travail, plus de femme. Alors à quoi bon se presser ? Mon batteur s'appelle Charles-Henri. J'ai toujours aimé ce genre de prénom un peu chic, surtout quand ça ne va pas du tout avec la tête du gars qui le porte. C'est le cas pour mon batteur.

À trente-quatre ans, Charles-Henri vit toujours chez sa mère. Ou plutôt, il vit dans le sous-sol de la maison de sa mère. Environ soixante mètres carrés rien que pour lui. Une fois par mois, généralement le deuxième samedi du mois pour être exact, cet endroit se transforme en un lieu où règne l'amour sous tous ses angles. C'est aussi le moment où drogues et alcool tiennent une place essentielle. Défonce et débauche sont toutes deux faites reine le temps d'une nuit. Mais ne vous y trompez pas, les nombreuses personnes qui se rendent ici ne viennent pas uniquement pour se mettre la tête à l'envers et trouver de la compagnie pour une soirée. Non, c'est bien plus profond que ça. Les gens viennent ici pour oublier, pour s'oublier. Ils viennent ici pour s'évader d'un monde qu'ils ne comprennent et ne leur correspond plus. Toutes ces âmes viennent chercher un idéal, quelque chose de fort, de puissant, quelque chose qui les pénètre. Ces soixante putains de mètres carrés les transcendent, les rassemblent. Cet endroit est leur monde. Ici, c'est le soixante-neuf impasse de ton plaisir. Et c'est ici que se trouve le rock'n'roll !

— Morrisey ?

— Charles-Henri ! Comment tu... Putain, ton nez ! C'est quoi ce bandage ?

— On me l'a défoncé ! dit-il énervé.

— Merde ! Quand ça ?

— Hier soir. Et tu sais comment ?

— Non, réponds-je en le dévisageant.

— J'me rendais chez mon dealer, à pied comme d'hab. Ça m'fait du bien de prendre l'air putain ! m'explique-t-il en agitant ses mains.

— Je vois, je vois.

— J'marchais tranquille, et puis tout à coup, un mec est sorti de nulle part et m'a collé un gros coup de boule en plein dans le nez.

— Merde ! Mais pourquoi il a fait ça ?

— PUTAIN MAIS J'EN SAIS FOUTRE RIEN ! hurle-t-il en tapant contre le mur. Il s'est fendu la gueule et s'est barré en courant.

— Reste calme. Tu saignes un peu là.

— Me fais pas crier Morrisey, j'ai trop mal au nez. Me fais pas crier, me supplie-t-il.

— D'accord, d'accord. Viens t'asseoir un peu sur le canapé, tu seras mieux.

— Ouais, t'as raison Morrisey. T'as toujours raison.

— Ça va ? T'es bien installé ? Tu veux un verre d'eau ?

— Mais putain, va te faire foutre ! Si j'veux un verre d'eau j'irais m'le chercher bordel ! J'suis pas handicapé merde ! Et puis... tu fous quoi ici ? C'est pas dans tes habitudes de venir à cette heure.

— Je... C'est Jenny.

— Quoi Jenny ? Elle va bien ?

— Ouais, ouais. Elle va bien. Elle... Elle est enceinte.

— QUOI ?

— Fais gaffe Charles-Henri, tu saignes là.

— Merde ! Tu... Tu vas être papa Morrisey ? Tu vas être papa, félicitation ! On va fêter ça. Sors l'alcool !

— Non, attends mec.

— Attends quoi ? Pourquoi tu tires cette gueule ?

— ... C'est pas le mien.

— Tu dis quoi là ?

— T'as très bien entendu.

— Mais c'est quoi ces conneries mon ami ? T'es certain que t'es pas le père ?

— Ouais, elle me l'a dit. Elle a baisé avec un... avec un ami.

— LEQUEL ? crie-t-il en cognant la table.

— Ton nez Charles-Henri, ton nez.

— J'l'emmerde mon nez ! Comment il s'appelle ?

— C'est Mickey.

— LUI ? CE PUTAIN DE FILS DE PUTE ? Il est déjà venu faire la fête ici cet enfoiré. Il a bu mon alcool, fumé mon herbe. La prochaine fois que j'le vois débarquer, JE LUI EXPLOSE SA SALE GUEULE ! hurle-t-il en sortant un flingue de l'arrière de son pantalon et en tirant deux coups de feu sur le juke-box qui se trouve en face de lui.

— MAIS PUTAIN CHARLES-HENRI, C'EST QUOI CES

CONNERIES ? TU LE SORS D'OÙ CE FLINGUE ? crié-je apeuré et recroquevillé sur le canapé.

— Ça mon ami, c'est un calibre vingt-deux.

— Qu'est-ce que tu fous avec ça ?

— Qu'est-ce que j'fous avec ça ? Mais j'fous que si j'vois encore cet enculé qui m'a collé un coup de boule, J'LE REFROIDIS ! Tu comprends Morrisey ? me dit-il en agitant son arme. Et Mickey aussi j'le refroidis s'il franchit cette putain de porte.

— Pose ton flingue Charles-Henri, pose-le. Tu pisses du nez là mec. Faut que tu restes cool, t'es trop agité.

— Ouais, t'as raison Morrisey. T'as toujours raison, dit-il en s'asseyant. Quelle pute !

— Laisse tomber, ça n'aurait pas pu marcher entre elle et moi.

— Ouais ! Mais quand même, te faire ça à toi.

— C'est pas tout mon ami, lui dis-je en regardant le sol.

— J't'écoute.

— J'me suis fait virer.

— ... T'es sérieux ? Et... Et tout ça en une journée ?

— Bah quoi ?

— Bah c'est chaud quand même là Morrisey. T'as le mauvais œil sur toi, le chat noir et tout le bordel.

— T'as sûrement raison Charles-Henri.

— ... Tu veux pas aller t'asseoir sur l'autre canapé là-bas ? J'voudrais pas qu'il m'arrive un truc.

— Putain, t'es con !

— OK, OK ! Tu peux rester là, c'est bon.

Je sors de mes poches mon paquet de cigarettes, quelques feuilles et un peu d'herbe, puis installe le tout sur la table. Je ne pense qu'à une seule chose, me défoncer.

22

— Et maintenant, tu vas faire quoi ? me demande-t-il en rechargeant son flingue.

— Là ? J'vais me retourner la tête, réponds-je en léchant la feuille à rouler.

— Ouais, j'vois ça. Mais après ? Tu vas faire quoi ? Aller où ?

— Je retourne chez moi Charles-Henri. Je retourne chez moi, lui affirmé-je avec des sanglots dans la voix.

— OK, OK Morrisey, je vois. Ton esprit a besoin de s'évader d'ici un moment, et c'est pas avec un pétard que tu vas l'aider. J'vais lui donner un coup de main. Tiens, prends ça.

— C'est quoi ?

— Un benzodiazépine anxiolytique.

— Putain, c'est quoi cette connerie ?

— Je te présente Lexomil, c'est un anxiolytique.

— J'ai aucune anxiété Charles-Henri.

— Je sais mais t'as besoin d'être en tête à tête avec ta solitude et ce médicament va t'aider. Tiens, prends-en un.

— Je...

— Non, non ! Prends-en trois !

— Putain, trois ? T'es sûr ? Ça va pas me tuer ?

— Non, ça devrait passer Morrisey ! Tire deux ou trois lattes sur ton pétard et laisse-toi aller.

J'avale d'un trait les trois comprimés qu'il m'a tendus puis tire sur le pétard. Le temps passe. Il défile devant moi. Je commence à voir des choses. Des formes se dessinent et se rapprochent de mon visage. Je n'arrive pas à les toucher. Elles s'évaporent dans mes mains. Puis une musique se fait entendre faiblement... au loin. Je sens mon corps qui m'abandonne... lentement. Je n'entends plus, ne vois plus. Je ne suis plus... Ma solitude me possède.

23

— Repose-toi un moment Morrisey.

*

— Allô ?
— Jack ?
— Non, c'est Charles-Henri, un ami de Morrisey.
— OK ! Jack est dans le coin ?
— Ouais !
— Et... j'peux lui parler ?
— ... T'es qui ?
— Tony. J'suis Tony, son pote.
— Ha ! C'est toi Tony ?
— Putain, ouais, c'est moi Tony ! Tu vas me passer mon pote ou quoi ?
— J'sais pas trop là, il pionce. Il récupère. Sa journée d'hier s'est pas très bien passée.
— ... Raconte.
— J'vais faire court. Il a perdu son job puis sa femme l'a quitté avant de lui annoncer qu'elle attend un gamin. Sauf que c'est pas lui le père.
— ... Putain de merde !
— Ouais, c'est ce que j'lui ai dit avant d'lui passer du Lexomil.
— ... Du quoi ?
— Du Lexomil !
— JE SAIS CE QUE C'EST QUE DU LEXOMIL !
— T'es énervé Tony ?
— Si j'suis énervé ? Bordel de Dieu ! Ouais, tu me mets hors de moi mec.
— Fais gaffe, j'ai un calibre vingt-deux dans les mains.

24

— OK, OK. C'est Charles-Henri ton prénom, c'est ça ?

— Ouais !

— OK Charles-Henri, écoute-moi attentivement. Ça va être la merde la plus totale. Jack va passer une très mauvaise passe, il va falloir l'épauler.

— J'écoute.

— Sa... Sa grand-mère vient de décéder.

— Merde ! T'es sérieux ?

— Ouais ! Va falloir que tu lui annonces. Mais vas-y doucement, OK ? Il n'avait plus qu'elle.

— Comment ça ? J'comprends pas tout là, il est tôt.

— VA FALLOIR QUE TU LUI ANNONCES ! Tu... Tu comprends les mots qui sortent de ma bouche Charles-Henri ?

— Tu m'prends pour un con Tony ?

— Non, non. Mais t'as compris ce que je viens de te dire ?

— Ouais ! C'est sa grand-mère et tout.

— Utilise les bons mots. OK ? Et dou-ce-ment.

— Ça va, j'ai capté.

— D'accord... J'le rappelle plus tard.

— Salut !

— Salut Charles-Henri !

*

— Charles-Henri ? Tu fous quoi avec mon téléphone ?

— Il a sonné il y a cinq minutes et j'ai décroché.

— Et ? C'était qui ?

— Tonio ? Antonio ? Anthony !

— Tony ?

— Ouais ! C'était lui !

— Il voulait quoi ?

25

— C'est ta grand-mère. Elle vient de claquer... Tu veux du Lexomil ?

C'était un chouette bout de bonne femme ma grand-mère Huguette. Elle était adorable et tout. La première chose qui me vient à la tête quand je pense à elle, c'est ces moments après chaque repas du midi, après s'être soigneusement roulée une longue et très fine cigarette et s'être servie une bonne petite bière. Après ça, la grand-mère Huguette s'installait confortablement dans son fauteuil, prenait la télécommande de la télévision puis appuyait sur le numéro un de celle-ci. Toujours le même rituel, toujours à la même heure, et ce, du lundi au vendredi. Ouais, le samedi et le dimanche c'était sans alcool.

Je n'ai jamais tourné la tête en direction de la télévision pour voir ce qu'elle regardait, jamais. Ça devait être quelque chose de vraiment passionnant la connaissant. Ce qui m'intéressait le plus, c'était d'observer ses tocs. Elle faisait de petits bruits avec sa bouche, à intervalles réguliers et faisait constamment tourner ses doigts de pied. Des mouvements de doigts de pied qui tournaient toujours dans le même sens, de gauche à droite. Essayez de tourner vos doigts de pied. C'est la galère. À chaque fois, j'essayais en même temps qu'elle et à chaque fois je chopais des crampes.

Elle était belle ma grand-mère, vraiment très belle.

Le vent a emporté ses quatre-vingt-trois printemps.

Le plus difficile pour moi maintenant, c'est de devoir en parler au passé.

— Alors c'est décidé, tu nous quittes ?
— Ouais Charles-Henri.

26

— Et tu sais chez qui tu vas crécher ?

— Chez ma grand-mère je pense.

— OK ! J'pourrais venir te voir de temps en temps ?

— Sans problème mon ami, ce sera avec plaisir.

— … Tu vas me manquer Morrisey, dit-il en me prenant dans ses bras.

— Tu vas me manquer aussi Charles-Henri.

— Allez, tire-toi d'ici. On a l'air de deux gays.

— Qu'est-ce que t'as contre les gays ?

— Rien du tout ! C'est juste que j'ai pas envie de te rouler un patin.

— Putain, moi non plus !

— Dégage ! J'veux plus te voir pour aujourd'hui.

— Salut Charles-Henri. Soigne bien ton nez.

— J't'emmerde Morrisey !

Je monte dans ma voiture puis fais un dernier signe de la main à mon batteur qui me répond par un simple doigt d'honneur. C'est tout lui ça.

En quittant la propriété, je sors de l'arrière de mon pantalon le calibre vingt-deux. Il m'était impossible de le lui laisser plus longtemps. Un accident peut vite arriver avec Charles-Henri. Et d'ici à ce qu'il s'aperçoive que je le lui ai volé, je serai déjà très loin.

Allez, il est temps pour moi de faire face à la réalité, cette triste chose.

4

Voilà maintenant huit jours que cette nouvelle vie s'est greffée en moi. Je n'ai rien demandé à personne. J'étais tranquille, aucun problème, et il a fallu que le malheur vienne frapper à ma porte pour prendre possession des lieux. Ça ne lui a pas pris beaucoup de temps pour tout ravager. Je traverse une mauvaise passe et j'en suis totalement conscient. C'est bien de reconnaître quand on fait une dépression, ça aide à avancer il paraît. Certains malades fuient cette évidence qui se dresse pourtant devant eux mais pas moi. Je suis dans la merde et je la regarde droit dans les yeux. Il n'empêche que j'ai besoin d'un petit coup de main. Et je donnerais tout ce que j'ai, ou plutôt, tout ce qu'il me reste pour des benzodiazépines. Une bonne boîte de Lexomil par exemple. Ça aide à se reconstruire il paraît. J'aurais dû en voler une chez Charles-Henri. Heureusement que j'ai de bonnes bouteilles de vins. Des bouteilles de vins qui appartenaient à ma grand-mère Huguette. Il n'y a pas à dire, elle avait bon goût. L'alcool, ça aide à oublier, c'est une certitude.

Le téléphone sonne. C'est Tony. Nous nous connaissons depuis dix-sept années. Ça ne me rajeunit pas quand j'y pense. Si je dois résumer Tony en un mot, alors je dirais que c'est un obsédé. Oui, c'est ce qu'il est. Mais c'est aussi une personne qui pourrait faire n'importe quoi pour moi. Si un jour je suis infecté par un virus susceptible de me transformer en zombie et que pour vaincre cette maladie il lui faudrait tuer un dragon à coups de pelle pour récupérer une potion, seul remède pour me sauver, il le ferait. Est-ce que vous vous rendez compte ? Avoir comme seule arme une pelle pour terrasser un dragon ? Tony, c'est lui mon meilleur ami.

— Allô Jack ?

— Non, c'est grand-mère Huguette, lui réponds-je d'une voix tremblante.

— Putain, t'es con ! C'est pas drôle mec.

— T'es sûr ? En temps normal, ça t'aurait fait marrer.

— C'est pas un temps normal Jack.

— Et t'es qui pour juger si ça doit être un temps normal ou pas mon petit ? dis-je de nouveau d'une voix tremblante.

— Merde Jack ! T'as bu ou quoi ?

— … Un peu… T'aurais pas du Lexomil par hasard ? J'ai de quoi payer !

— Non, j'ai pas de cette merde. Écoute, tu veux que je passe te voir un petit moment ?

— Pour quoi faire Tony ?

— Discuter. Ça fait un moment qu'on s'est pas vus toi et moi.

— On s'est vus à l'enterrement de grand-mère Huguette.

— C'est pas pareil Jack.

— … Non, j'ai pas envie que tu passes.

— C'est pas en restant cloîtré chez toi tout seul que tu vas aller mieux. Sors, va voir du monde. Change-toi les idées.

— … Ce matin, j'ai lu.

— Tu lis ? C'est un bon début. Et tu lis quoi ?

— J'ai lu le journal.

— Quoi ? Le...

— Tony, t'es au courant que les femelles manchots d'Adélie se prostituent en échange de quelques cailloux ?

— Quoi ? Mais putain, c'est qui Adélie ?

— Un pays j'crois.

— C'est quoi cette connerie Jack ? T'es défoncé ?

— ... Un peu... T'aurais pas du Lexomil par hasard ? J'ai de quoi payer !

— NON JACK, J'AI PAS DE CETTE MERDE ! J'arrive. T'as intérêt de m'ouvrir.

— VA TE FAIRE FOUTRE TONY ! TU VIENS PAS ! TU RESTES CHEZ TOI !

— Mais...

— J'veux voir personne. Tu comprends ?

— Jack, attends...

— PERSONNE TONY ! crié-je en jetant le téléphone au sol.

Je bois d'un trait le verre de vin que je tiens dans ma main et le laisse tomber. Je penche ma tête sur le côté et le regarde rouler sur le parquet flottant. Il termine sa course à côté du flingue que j'ai volé à Charles-Henri. Un magnifique calibre vingt-deux, posé là, à même le sol « **Monsieur Morrisey ? Je peux savoir ce que vous faites ici ?** ». Je me lève péniblement du fauteuil, j'ai la tête qui tourne. C'est sûrement le vin « **Je vais vous dire Morrisey, je ne vous aime pas ! Je ne vous ai jamais aimé. SUIVEZ-MOI !** ». Je me dirige lentement vers l'arme et me penche pour la ramasser « **Vous êtes viré !** ». Elle est lourde, tellement lourde. Le poids de toute une vie. Le poids de toute ma vie « **Je suis enceinte Jack !** ». Je pense que chaque problème a sa solution « **Il n'est pas de toi.** ». Je m'assois en tailleur sur le tapis blanc, l'arme à la main « **Sors d'ici Jack Morrisey ! Sors de chez moi ! Je ne veux plus jamais te voir, plus jamais.** ». J'enfonce le canon dans ma bouche. Mes yeux se posent sur des photos de famille accrochées au mur « **C'est ta grand-mère.** ». Je le retire de ma bouche et la pose contre mon front « **Elle vient de claquer.** ». L'arme est froide « **Tout le monde se fout de ta gueule et tu t'en rends pas compte.** ».

— HAAAN !

La sonnerie du téléphone retentit dans toute la pièce et interrompt brutalement ma tentative de suicide.

— TU ME FAIS CHIER TONY ! J'T'AI DIT D'ME LAISSER TRANQUILLE BORDEL ! hurlé-je extrêmement en colère dans le combiné téléphonique.

— … Jack ? C'est toi ?

Une voix très douce circule dans mon oreille. Une voix suscitant le plaisir, la joie et le désir. Une voix qui m'attire comme un aimant vers la lumière, abandonnant derrière moi tous mes maux. Elle me donne un second souffle, m'offre une seconde vie. Les ténèbres disparaissent. Je me sens bien, tellement bien. Je suis… vivant ?

— Jack… C'est Mary.

5

Trois jours plus tard.

Cette nuit, Mary organise une fête pour ses trente ans, et j'y suis convié. Mary, c'est LA femme. Certaines nanas sont des putains déguisées en princesse qui nous apportent des problèmes en tous genres, mais elle, c'est une rose sans épine. Mary est une femme à la beauté incommensurable et, à la vue de cette merveille, Dieu lui-même inonderait son caleçon de sa sainte semence. J'aime m'imaginer avec elle dans une relation passionnelle, animée par d'intenses ébats sexuels. Je connais Mary depuis une dizaine d'années, et je suis fou de cette femme.

Je ne dois plus être très loin de son domicile maintenant. C'est la première fois que je me rends à sa nouvelle résidence. J'ai appris, il y a peu, que Mary a hérité de sa grand-mère d'un magnifique manoir. L'aïeule aurait succombé à un arrêt cardiaque suite à une ingurgitation massive de médicaments. Ça craint !

Neuf allée des salamandres, c'est ici. Je descends de ma voiture et écrase au sol ma cigarette qui fait rire. Devant moi se dresse l'immense demeure. Elle est magnifique. J'aperçois, sur

35

le chemin qui mène à la porte d'entrée, de jolies roses rouges. C'est parti ! Mon doigt presse la sonnette et le ding dong retentit. Me rhabiller, me tenir droit, haleine fraîche. C'est parfait !

La porte s'ouvre. Mary se tient devant moi. Elle est rayonnante, resplendissante. J'ai le souffle coupé et le palpitant qui s'affole. J'en lâche la rose que j'ai soigneusement arrachée dans son jardin et commence à halluciner en me disant que je n'aurais peut-être pas dû fumer de l'herbe avant de me pointer chez elle.

— Jack ! Te voilà enfin. Comment vas-tu ?

Elle s'approche de moi, sa bise est la bienvenue. Un parfum enivrant s'échappe de son cou, ma main glisse amicalement le long de sa hanche, puis ses yeux se posent sur les miens. Le temps vient de s'arrêter, je suis défoncé et j'ai un début d'érection.

— Tu es ravissante Mary. La trentaine ne t'atteint pas.

— Merci pour ce compliment qui me va droit au cœur. Et, merci pour cette jolie fleur, me dit-elle en ramassant la rose. Entre, les invités sont dans le salon, derrière cette porte. Je te laisse les rejoindre, je descends à la cave chercher quelques bouteilles de vins.

— Très bien, ça marche.

— Jack… Je suis très heureuse de te voir.

— Moi aussi Mary.

Le monde présent à cette soirée me laisse sans voix. C'est tout simplement incroyable. La première chose à faire quand on se pointe à une fête avec autant de personnes, c'est de repérer et d'additionner ses camarades de jeu. À première vue, mes amis se comptent sur les doigts d'une main. La trentaine de personnes restantes m'est… totalement étrangère. Mais c'est un mal pour un bien.

— JACK ? Putain, ça fait une demi-heure que j'te cherche partout !

— Tony !

— Ça m'fait tellement plaisir de te voir. J'espère que tu vas mieux. Si tu veux parler de quoi que ce soit, je suis là mon pote.

— Je sais, lui dis-je en soupirant. Bon, et toi ? Tu vas bien ?

— Ça va, ça va.

— Où est Sonia ? J'la vois pas.

— Qui ça ?

— Ta femme Tony ! Elle est où ?

— Elle est… pas là. Elle doit être… à la maison, je pense.

— Quoi ? Tu penses ? C'est quoi ces conneries ?

— Écoute Jack, j'ai passé une semaine compliquée, tout comme toi. On… On en parle plus tard, d'accord ? Allons nous servir un verre, la fête sera plus folle avec de l'alcool.

Nous nous dirigeons vers le bar à qui il manque deux piliers.

— Tu bois quoi Jack ? Une menthe à l'eau ?

— T'es un comique Tony. Sers-moi un whisky !

— Et… Voilà ! J'sens qu'on va passer une nuit mémorable Jack.

— J'me dis surtout qu'elle va se terminer dans une ambiance de beatniks.

— Et dans un décor de favela, ajoute-t-il. Au fait Jack ? T'as croisé Mary en arrivant ?

— Ouais !

— Et alors ?

— Alors quoi ?

— Ça a été l'coup d'foudre ?

L'expression « coup de foudre » est violente, brutale et

grossière. C'est un moment magnifique qui doit avoir une expression plus vivante. Cet instant est une pure mélodie. Une mélodie qui précède l'explosion sensorielle. C'est... une beauté éphémère transcendante. Voilà !

— Dis-moi Tony ? C'est qui cette blonde à la poitrine si généreuse que tu regardes et qui te regarde depuis un moment ?

— Oh, elle ? C'est Jocelyne.

— Connais pas.

— Tant mieux pour moi, me dit-il en souriant. Je l'ai rencontrée en arrivant. On a sympathisé, et...

— Et ?

— Et j'vais lui proposer de boire un verre tout de suite. On s'voit plus tard Jack !

— Fais pas le con avec elle Tony, pense à Sonia.

Je bois d'un trait le reste de whisky qui se trouve dans mon verre, puis toussote un peu. Non pas en raison de la forte dose avalée, mais à cause de cette délicieuse voix qui s'adresse à moi.

— Coucou Jack !

Mary passe sa main sur mon épaule et s'installe à côté de moi. Mon imagination débordante me laisse apercevoir de joyeux chérubins, tous drogués par tant de beauté, qui virevoltent autour d'elle en murmurant : « mon préciiiiiiieux ».

— Salut Mary.

— Ça va ? Tu passes une bonne soirée ?

— Oui, c'est parfait. Et ce manoir est magnifique, j'adore.

— Ma grand-mère avait beaucoup de goût, me dit-elle avec nostalgie.

— J'te présente mes condoléances Mary.

— Je te présente les miennes aussi. Grand-mère Huguette était tellement gentille.

— Merci.

— Je suis heureuse de vous savoir tous ici, ça me fait du bien. Pour tout te dire Jack, je trouve cet endroit beaucoup trop grand et vachement flippant. Je n'aime pas me sentir seule entre ces murs.

— Ouais, je comprends. Ne t'inquiète pas, ça va passer avec le temps.

— Je peux te demander quelque chose Jack ?

— Oui, je t'écoute.

— J'ai mis l'urne qui contient ma grand-mère dans une pièce à l'étage. Elle voulait que ses cendres soient dispersées dans la serre qui se trouve derrière le manoir. Je ne trouve pas la force de le faire toute seule. Pourrais-tu m'accompagner un peu plus tard dans la nuit ? J'aimerais que tu sois là, avec moi.

— Il n'y a pas de problème Mary.

— Merci, t'es adorable, me dit-elle en me bisant la joue. Oh mon Dieu ! Je n'ai pas vu le temps passer. Je dois finir de me préparer. À tout à l'heure Jack !

Quant à moi, je vais sans plus attendre me remplir un verre. Je me faufile entre les invités, me glisse derrière le bar puis m'agenouille afin de contempler les bouteilles alcoolisées. Un large choix s'offre à moi, mais j'opte pour un mojito. Je prends une paille et me sers le breuvage dans un grand verre. Les personnes qui se tiennent devant moi me paraissent légèrement éméchées, ce qui me fait prendre conscience que je dois me mettre à leur niveau le plus rapidement possible. Mon excuse est donc toute trouvée pour aller me fumer un petit truc en cachette. J'aurais bien aimé que Tony m'accompagne pour délirer un peu mais je ne le vois pas.

Je traverse le salon à la recherche d'un endroit calme,

jusqu'à ce que mes pas me conduisent face à un escalier. Je vérifie que personne ne m'observe avant de me rendre à l'étage. C'est parfait ! Je monte les marches jusqu'au palier, puis, un couloir faiblement éclairé par des chandeliers muraux se dessine sous mes yeux. Je marche en contemplant les nombreuses photos de famille accrochées sur une partie du mur. Mon oreille se colle contre une porte, et j'en déduis par l'absence de bruit qu'il n'y a personne à l'intérieur. Je l'entrouvre et glisse mon autre main pour allumer la lumière. Ma tête passe l'ouverture pour vérifier une dernière fois qu'aucune âme ne s'y trouve. Il n'y a rien à signaler. C'est parti !

Un bureau, un vieux canapé, un lavabo et une grande étagère occupent cet endroit. Un endroit sobre et contemporain qui ressemble étrangement à un cabinet de psychothérapeute. Je me dirige vers l'étagère sur laquelle se trouve une chaîne hi-fi. De nombreux albums de musique sont posés à côté d'elle. Il n'y a pratiquement que du rock'n'roll.

— Voilà qui est parfait pour passer un moment intime avec Marie-Jeanne.

6

Je m'assois sur le canapé et sirote à la paille mon mojito. L'herbe que je fume envahit la pièce et Jimi Hendrix[3] se fait entendre à travers les enceintes de la chaîne hi-fi. Confortablement installé, je regarde le mur qui se trouve en face de moi. Sur celui-ci est accrochée une croix, sur laquelle est cloué Jésus. Autant préciser que je ne crois en rien. Les gens ont une vision de la religion, qui pour moi, repose sur des légendes ou sur une quelconque mythologie. Je trouve ça pathétique de croire en un Dieu. Le monde ne répond pas d'un ordre divin. Il n'y a pas, au-dessus de nous, une justice immanente. C'est des conneries ! La Terre, elle, ne s'est pas faite en sept jours, et jusqu'à preuve du contraire, personne ne peut marcher sur l'eau. Toutes ces histoires à dormir debout ne sont que pures inventions de l'homme, et ça aussi, c'est pathétique. Je prends pour exemple George Lucas[4]. Ce mec a inventé Star Wars[5], et il y a déjà des illuminés qui en ont fait leur religion. La guerre des étoiles sera peut-être une croyance pour tous dans mille ans. Ça aurait de la gueule ! Après tout, un

---

[3] Guitariste et chanteur américain.
[4] Réalisateur, scénariste et producteur américain.
[5] Epopée cinématographique de science-fiction.

Jedi[6] vaut bien deux Moïse.

Les effets du cannabis se font sentir, un peu d'air me fera le plus grand bien. J'ouvre la fenêtre et la fraîcheur de la nuit pénètre dans la pièce. Je jette mon mégot à l'extérieur tout en vérifiant que personne ne se trouve en dessous. J'inspire une dernière fois cet air frais, puis me dirige vers la chaîne hi-fi pour l'éteindre. Malheureusement, mes pieds se prennent dans le tapis et mon corps part en avant. Tout en tombant, je tente de rattraper un pot que je viens de percuter avec mon bras, mais celui-ci se renverse sur le sol. Le récipient qui roule sous mes yeux n'est rien d'autre qu'une urne funéraire sur laquelle est gravée : *« À ma grand-mère bien aimée »*. Je sens que je viens de faire une grosse connerie. Je me redresse doucement pour voir les dégâts, et effectivement, je suis dans une sacrée merde. Les cendres de la défunte sont éparpillées partout sur le tapis. Je me lève rapidement en me demandant ce que je dois faire. M'enfuir ou faire disparaître les preuves ? Non, je ne peux pas faire ça à Mary. Si elle l'apprend, jamais elle ne me le pardonnera.

Je me jette au sol pour rassembler avec mes mains sa grand-mère. J'en ai partout sur mes chaussures et mon pantalon. Il ne vaut mieux pas que j'éternue sinon je vais la propager dans toute la pièce. Je dois rester concentré et la remettre dans le pot. Telle est ma mission.

Des bruits de pas se font entendre devant la porte, je dois me dépêcher. Merde, c'est trop tard. Elle s'ouvre doucement, ma respiration se bloque… Mary est devant moi.

— Jack ? Qu'est-ce que tu… OH MON DIEU !

---

[6] Personnage de fiction de la saga Star-Wars.

Je me lève promptement tout en tapotant mes mains sur mon pantalon pour enlever sa mamie. Mary me regarde, choquée. Ses yeux se posent maintenant sur l'urne, puis sur les cendres, et pour finir, une nouvelle fois sur moi.

— Tu... TU SNIFFES MA GRAND-MÈRE ? hurle-t-elle en mettant ses mains devant sa bouche.

Je hoche la tête pour essayer de comprendre ce qu'elle insinue. Je me rends compte que j'ai encore la paille de mon mojito posée sur mon oreille. Je la jette immédiatement au sol.

— Non, non. Ce n'est pas du tout, mais alors pas du tout c'que tu crois Mary.

— OH MON DIEU !

— Mary, je peux tout t'expliquer... J'ai jeté ma cigarette par la fenêtre tout à l'heure, et quand je me suis retourné, mes pieds se sont pris dans le tapis. Je suis tombé en avant, entraînant avec moi ta... L'urne. Je ne sniffais pas ta grand-mère. La paille est restée sur mon oreille. C'est la paille de mon mojito, regarde, il est là.

— Tu... C'est vrai Jack ?

— Oui Mary, j'te jure.

— OK ! J'te crois, dit-elle en regardant la pièce de droite à gauche et en reniflant. Tu dis que tu as fumé une cigarette ? Putain ! Tu te fous de moi Jack ? Ça sent l'herbe oui.

— Non, non. Enfin... oui. Le problème, il est là, lui dis-je en montrant sa grand-mère éparpillée sur le tapis. Il faut la ramasser Mary.

— Je... Je... Oui, on va faire ça. On va la remettre dans le pot.

Nous voilà tous les deux à quatre pattes pour rassembler les restes et les remettre dans l'urne funéraire.

— C'est bien qu'une partie d'elle reste dans le manoir, affirme-t-elle en tapotant le tapis pour disperser les cendres que nous ne pouvons pas récupérer.

— Je trouve aussi, dis-je en pensant au jour où elle devra passer l'aspirateur dans cette pièce.

Mary, beaucoup plus sereine, pose l'urne à même le sol pour éviter qu'elle ne tombe une nouvelle fois. Malgré la connerie que je viens de faire, je suis fier de moi. Fier de ne pas m'être enfui d'ici.

— Il y a un lavabo sur ta gauche Jack. Allons nous laver les mains.

— OK ! Heu... Tu sais Mary, je suis vraiment désolé.

— Ne t'en fais plus Jack, ça aurait pu arriver à n'importe qui.

— Ouais...

— Mais maintenant, il faut que tu te fasses pardonner, me dit-elle d'un air coquin. Roulerais-tu un petit pétard ?

— Heu... Ouais, OK !

Je m'assois sur le fauteuil du bureau et sors de mes poches les accessoires nécessaires pour passer un moment de déconne.

— Tiens Mary, dis-je en lui tendant le joint.

— Merci Jack, répond-elle en regardant les différents albums de musique posés sur l'étagère. Tu connais Joe Cocker[7] ? me demande-t-elle en tirant à forte dose sur le pétard.

— Si je connais Joe Cocker ? Évidemment que je connais Joe Cocker. Nous nous sommes vus une semaine avant son décès. On a joué de la guitare lui et moi. On a discuté rock'n'roll, fumé quelques joints, et on...

Mary s'approche rapidement vers moi, m'interrompt dans

---

[7] Chanteur anglais.

mon fantasme, et m'embrasse tendrement. Elle me regarde tout en se mordant sensuellement les lèvres avant de se diriger de nouveau vers la chaîne hi-fi. Je suis surpris, agréablement surpris. Je suis, à ce moment même, sur un petit nuage, et pour rien au monde je ne veux me casser la gueule de celui-ci. *With A Little Help From My Friends*[8] retentit dans la pièce. Mary revient vers moi, dansant avec plaisir et satisfaction sur ce magnifique morceau de rock'n'roll. Elle tourne dans sa direction le fauteuil sur lequel je suis assis et s'assoit sur moi. Ses mains se posent sur mon torse et les miennes, sur ses hanches.

— Et... As-tu déjà baisé sur du Joe Cocker? demande-t-elle légèrement défoncée par le pétard.

C'est une question directe qui mérite une réponse toute aussi rapide, mais elle ne me laisse aucun temps pour une réplique. Elle approche une nouvelle fois ses lèvres des miennes et m'embrasse avec encore plus de passion.

— J'ai envie de toi, susurre-t-elle en me mordillant l'oreille. Viens Jack.

Sur le canapé, nous nous déshabillons sans mutisme et nos baisers s'entremêlent de légers soupirs. Ce désir l'un pour l'autre vient d'atteindre son paroxysme. Je descends ma tête le long de son corps en caressant sa peau si douce, puis, lui retire sa petite culotte. Nos corps ne font plus qu'un, et nos gémissements résonnent dans toute la pièce. Le canapé bouge sous mes coups de hanches, encore et encore. Ses soupirs sont excitants. Je me laisse aller dans une frénésie jouissive. Je ne peux plus me retenir. Sa respiration se fait de plus en plus forte, je la sens venir. Elle se met à trembler de partout, puis finit par

---

[8] Chanson des Beatles reprise notamment par Joe Cocker.

pousser un cri étouffé par ma main.

Nous nous embrassons longuement, sa tête glisse sur mon torse, ses doigts me caressent le ventre.

— Jack… Je t'aime.

7

J'ai passé ma vie à refuser de m'investir totalement dans une relation amoureuse par peur d'entendre ces trois petits mots, par peur de la signification et de l'importance majeure qu'ils expriment. J'ai passé mon temps à faire le con, faisant semblant d'exister. Les choses viennent de changer. Je suis entré dans son cœur et je me rends compte à quel point il est bon de vivre.

Aucun mot ne sort de ma bouche. Mon regard lui suffit.

— Jack, il faut y retourner.

— Déjà ? Très bien ! Laisse-moi encore cinq petites minutes avant de pouvoir te faire jouir une nouvelle fois et...

— Je te parle de la fête, me dit-elle en enfilant sa jupe. Même si mon vagin me supplie d'attendre cinq minutes, je dois rejoindre les invités.

— C'est pas sympa ce que tu fais à ton minou, lui dis-je sur le ton de l'humour. Je te rejoins dans un petit moment Mary.

— D'accord Jack. À tout à l'heure.

Mary ferme la porte derrière elle. Je m'allume une cigarette, puis enfile ma chemise et mon pantalon. Il est temps pour moi de quitter ce lieu de débauche. Je salue Jésus qui est toujours cloué à sa croix et m'excuse auprès de l'aïeule.

En marchant dans le couloir, une femme sort d'une des pièces du manoir et me rentre dedans.

— Oh excuse-moi, me dit-elle.

— Je t'en prie, c'est rien.

Merde ! Mais c'est Jocelyne, la femme que Tony a rejointe tout à l'heure. Toute émoustillée et décoiffée, elle cherche de toute évidence à retourner à la fête.

— C'est par là-bas.

— Merci, me répond-elle en riant et en se recoiffant.

Je connais ce regard. C'est celui d'une femme qui vient de prendre son pied. Dois-je entrer dans la pièce qu'elle vient de quitter ou me barrer d'ici ? Tant pis, j'entre. Je dois m'assurer que Tony ne se trouve pas à l'intérieur.

J'entrouvre la porte et...

— MAIS PUTAIN DE BORDEL DE MERDE TONY ! C'EST QUOI TON PROBLÈME ?

Surpris de me voir, il remonte rapidement son pantalon et cherche une sortie de secours qui n'existe pas.

— Jack ? Attends, je peux tout t'expliquer ! Tu... Je... T'as déjà entendu parler de l'étrange cas du canard colvert homosexuel nécrophile ?

— ... Quoi ?

— J'ai lu ça dans un journal. Un canard colvert mâle aperçoit sur un trottoir un autre canard colvert mâle qui vient de mourir.

— ... Qu'est-ce que tu...

— Et attends, c'est pas fini. Le canard s'approche de son congénère décédé, lui pince l'arrière de la tête, lui grimpe dessus et se met à copuler pendant soixante-quinze putains de minutes ! C'est dégueulasse ! Non ?

— Putain de merde Tony ! C'est quoi cette histoire à la con ?

Tu cherches à m'embrouiller c'est ça ? Tu veux faire diversion enfoiré !

— Jack, je...

— T'as pensé à Sonia ? Qu'est-ce qui t'es passé par la tête ?

— J'suis désolé Jack, tellement désolé. J'sais pas pourquoi j'ai fait ça, me dit-il en se jetant dans mes bras et pleurant à grosses gouttes.

— OK ! Arrête de pleurer Tony, ça va aller.

— Attends, j'ai... J'ai quelque chose à te faire voir.

Il fouille dans ses poches de pantalon puis en retire une petite boîte. Il me regarde, les yeux encore humides, puis l'ouvre en tremblant. À l'intérieur de cet écrin se trouve une sublime bague en diamant.

— N'est-elle pas magnifique Jack ? C'est pour Sonia. Je veux la demander en mariage.

— OH MERDE ! Enfin, non... J'veux dire, c'est génial ! Mais faut que tu arrêtes tes conneries maintenant Tony. C'est pas bien ce que tu as fait. Si Sonia l'apprend, elle te dira d'aller te faire foutre avec ton diamant.

— Je sais, j'recommencerai plus. C'est promis... Je l'aime !

— Bien.

— Il y autre chose que je dois te dire Jack. Veux-tu... Veux-tu être mon témoin ?

— À qui d'autre peux-tu demander ? J'suis le seul homme que tu n'aies jamais trompé, lui dis-je en le serrant dans mes bras. Bon, écoute Tony. Tu sais ce qu'on va faire ?

— On va fêter ça en se bourrant la gueule !

— Non ! Tu vas finir de te rhabiller, je vais démarrer la bagnole et je te conduis chez toi. Tu vas faire ta demande en mariage cette nuit Tony !

— Je ne sais pas si c'est une bonne idée cette nuit Jack. Je ne suis pas…

— C'est maintenant ou jamais mon pote ! Finis de te préparer et trouve-toi du parfum… Tu sens la chatte. Je t'attends dehors.

— Jack, écoute-moi. JACK !

Je sors de la pièce et ferme la porte derrière moi. Il me faut faire vite et informer Mary que je dois m'absenter un moment.

En arrivant en bas de l'escalier, j'aperçois un type qui discute avec Mary. Je connais ce gars, c'est son ancien petit ami. J'ai toujours détesté ce mec. Ce n'est qu'un sale machiste.

— Répond-moi. Pourquoi tu ne m'as pas invité ? Lui demande-t-il agressivement.

Mary me regarde désemparée et me fait comprendre que je dois rester à proximité d'elle. Je m'approche un petit peu d'eux et me tiens prêt à intervenir au cas où la discussion dégénère. Ce que je ne souhaite évidemment pas.

— T'es qu'une salope, dit-il en lui cramponnant le bras. Viens là !

— Lâche-moi ! répond-elle apeuré.

Très bien, je pense que c'est le signal. Je dois faire en sorte que ça se passe de la manière la plus paisible. Je ne suis pas un violent moi. Peut-être que si je lui chante *Give Peace A Chance*[9] de John Lennon[10], ça le calmera.

Autant préciser que ce mec est une armoire à glace. Un bon mètre quatre-vingt-dix et une masse musculaire vraiment très imposante. À côté de lui, je ne suis qu'un schtroumpf. S'il me décroche une droite, il me dévisse la tête sans problème.

Bon, je dois prendre mon courage à deux mains et affronter

---

[9] Première chanson officiel produite de la carrière solo de John Lennon.
[10] Musicien, auteur-compositeur, guitariste et écrivain britannique.

la bête. Mais verbalement pour commencer.

— Heu… Salut ! Excusez-moi, mais tout va bien ici ? demandé-je d'une voix tremblante.

— Putain, t'es qui toi ? répond-il d'un ton bagarreur.

— Morrisey. Je suis Jack… Morrisey !

— Dégage de là connard, me dit-il en me poussant violemment.

Mary intervient rapidement et supplie le monstre d'arrêter. L'animal n'aime pas quand quelqu'un s'interpose entre lui et sa proie. Il la pousse à son tour de manière abjecte. C'en est trop !

— Viens enculé, crié-je timidement.

Il se précipite vers moi tel un rugbyman, me propulse contre le mur, puis termine sa chevauchée en me décrochant un mémorable coup de poing en pleine figure. Je tombe à terre tout en contemplant les nombreuses étoiles qui apparaissent.

Sans transition, j'entends hurler une voix qui m'est très familière. C'est Tony et sa joute oratoire.

— HAAAAAA !

Tony se jette sur le dos du monstre et enlace ses bras autour du cou de l'animal. La bête ne s'avoue pas vaincue pour autant. Elle tourne sur elle-même et pousse des cris. Le chevalier Tony perd l'avantage et se fait projeter à son tour sur le parquet.

Instantanément, une dizaine d'écuyers abasourdis par tant de violence et dépourvus de peur se ruent sur l'animal et s'en emparent. La bête se débat, mais se fait traîner de force à l'extérieur.

Nous avons remporté la bataille et ma reine est en sécurité. Je peux maintenant m'évanouir sereinement.

Je reçois une quantité d'eau impressionnante sur le visage.

Je dois être au paradis, c'est certain. Une femme fontaine vient de jouir sur moi pour me réveiller. J'esquisse alors un léger sourire et me tiens prêt à recevoir un nouvel orgasme de sa part.

— Jack ! JACK ! OH JACK !

— Oui, recommence... PUTAIN ! TONY ? crié-je avec effroi.

— Salut mon pote !

Merde, je ne suis pas aux cieux.

8

Installé dans la salle de bains, Mary passe de la crème sur un coin de ma lèvre pour soulager la douleur. Quand je vois l'état dans lequel je me trouve, j'aurais préféré faire le boucher plutôt que le veau.

— Merci Jack.

— Je t'en prie, c'est normal.

— J'ai eu tellement peur quand il t'a frappé, dit-elle en pleurant.

— N'y pense plus. C'est fini et je vais bien, lui dis-je en passant mes mains sur son visage pour essuyer ses larmes. Il est parti, il ne reviendra plus.

— J'aimerais te croire Jack, mais il me fait peur. Il me suit partout. Quand je quitte mon travail, quand je sors de chez moi. Je ne sais plus quoi faire.

— On peut l'enfermer dans une cave, le découper en plusieurs morceaux et enterrer ses restes dans ton jardin, lui dis-je avec humour. Ou alors, tu peux prévenir les flics.

— … Je préfère la deuxième solution.

— N'aie plus peur Mary, je suis là.

— Je sais. Merci Jack, chuchote-t-elle en m'embrassant. Et voilà, tu es guéri.

— Tu es douée, je ne sens plus rien. Bon… On retourne à la

fête ?

— Non, pas maintenant.

Elle me regarde avec cet air coquin dont elle seule a le secret, prend ma main et la fait glisser entre ses cuisses. Elle déboutonne lentement ma chemise puis me caresse le torse pendant que mes doigts effleurent son intimité. Nous nous levons, Mary retire sa robe et s'assoit sur un meuble situé près du lavabo. Je descends mon pantalon puis rapproche mon corps du sien.

— Jack… Oui…

La porte de la salle de bains s'ouvre brusquement.

— JACK ! hurle Tony en entrant. Oh putain de merde ! J'suis désolé, désolé.

— PUTAIN TONY ! crié-je.

— J'aurais dû frapper, j'suis désolé.

— Ouais, t'aurais dû, lui dis-je en remontant mon pantalon.

— Mary, c'est toi ? demande-t-il d'un air surpris et gêné.

— Tourne la tête Tony, lui répond-elle en se cachant la poitrine.

— Oh merde ! Pardon, pardon. Je sors. J'ai rien vu. Je sors. Voilà, je ferme la porte. Je sors. J'suis plus là.

Le silence s'installe. Nous nous regardons du coin de l'œil puis explosons de rire.

— Pris en flagrant délit, pouffe de rire Mary.

— C'est Tony.

— Oui, il est irrécupérable. Tu sais pourquoi il te cherche ?

— Je devais le conduire chez lui tout à l'heure, avant l'incident. Figure-toi qu'il compte faire sa demande en mariage à Sonia.

— C'est vrai ? Mais c'est génial !

— Ouais ! Et il veut que je sois son témoin.

— C'est une superbe nouvelle. Ne le fais pas attendre plus longtemps alors, vas-y.

— Je préférerais rester ici, avec toi, dans cette salle de bains.

Sur… ce meuble,

— Ton devoir t'appelle. Allez, file Jack. Mais reviens vite. D'accord ?

En sortant, Tony se tient devant moi.

— JACK ! Merde, j'suis désolé, vraiment. J'savais pas.

— T'inquiète, c'est bon.

— Tu m'en veux pas ? C'est sûr ?

— Puisque j'te le dis.

— OK ! Quand j'y repense… Elle a des seins magnifiques !

— PUTAIN TONY !

— Désolé, désolé… J'suis heureux pour vous deux Jack, me dit-il avec la plus grande sincérité. Tu mérites le bonheur après tout ce que tu viens de vivre.

— Merci… Au fait, dis-moi Tony. Tu t'es fait cet œil au beurre noir comment ? Tu ne t'es pourtant pas fait frapper tout à l'heure.

— Ha, ça ? C'est en tombant. J'me suis donné un coup de poing.

— D'accord, dis-je en riant. Promis, j'le dirai à personne. Bon, on va chez ta belle ma bête !

— J'sais pas trop là Jack. Tu sais, je…

— C'est parti !

Nous sortons du manoir et nous nous dirigeons vers ma voiture. J'enfonce la clef dans le contact et le bruit du moteur retentit. Je sens que Tony est stressé. Je le sens aussi fort qu'une merde collée sous une chaussure.

— Mets un peu de musique Tony.

— Ouais, attends. J'ai ma clef USB quelque part par là. Elle est là. YES ! Tu vas adorer.

— C'est quoi ça ? lui demandé-je d'un ton déconcerté.

— Ne me dis pas que… tu connais pas ça ? Mais merde Jack ! C'est Nick Lowe[11].

— Nick qui ?

— Lowe, Nick Lowe. J'adore, c'est super putain !

— Il en faut pour tous les goûts.

— Hein ?

— Non, rien. C'est OK !

— Tu sais Jack… Je… J'ai…

— Merde Tony ! Pourquoi tu chiales ?

— J'ai peur que Sonia refuse. Fais demi-tour Jack ! Fais demi-tour ! répond-il apeuré.

— Va te faire foutre Tony ! Sois un homme. Mets tes couilles en bandoulière et fonce !

— C'est facile pour toi de dire ça. Tu sais pas ce que je ressens là. Je flippe ma mère.

— Tu veux du Lexomil ?

— TU ME FAIS CHIER AVEC TON LEXOMIL JACK !

— OK, calme-toi. Écoute, la vie, elle est comme ça. Elle est remplie de toutes sortes d'épreuves. Il faut faire face. Et… Et si ces épreuves ne nous piétinent pas, elles nous apprennent à devenir qui nous sommes vraiment.

— … Tu vois, tu penses que ça va foirer toi aussi.

— Non, vous êtes faits l'un pour l'autre.

— Je t'aime Jack.

— Je t'aime aussi mon pote. Ça va aller.

— …

— Tony ?

---

[11] Chanteur, compositeur et producteur musical.

— … En fait Jack… Tu vois, ça fait quatre jours que je ne suis pas rentré chez moi.

— QUOI ? Mais c'est quoi ce bordel ? Là, c'est certain, elle va te dire d'aller te faire voir avec ta demande en mariage ! Mais qu'est-ce…

— JE VAIS ÊTRE PAPA JACK ! hurle-t-il en pleurant.

— QUOI ? crié-je en rattrapant le volant de mes mains. MAIS C'EST GÉNIAL PUTAIN !

— J'ai peur, terriblement peur. Regarde, je tremble.

— Peur de quoi ? Ça va être cool, tu vas voir.

— Non, ça va pas être cool. J'le sens pas. J'ai la trouille de ne pas pouvoir assurer avec un gamin. Ça pleure tout le temps. Je n'aurai plus de temps pour moi. Il n'y aura plus de sorties alcoolisées Jack ! Tu m'entends ? Il n'y aura plus de beuveries !

— Tony ?

— J'ai la sensation que ça va être comme un teckel qui ne va pas arrêter de me bouffer le mollet. Il ne va pas vouloir me lâcher. Il va falloir que je m'en occupe sans arrêt, que…

— Tony ?

— QUOI ?

— On est arrivé chez toi mec.

— … Fais demi-tour Morrisey, s'il te plaît. Viens, on s'en va, dit-il en me suppliant comme un enfant.

— C'est ce soir que ta vie commence Tony. Tu dois y aller.

— Tu penses que je vais être un bon papa ?

— Et le meilleur des maris !

— … Très bien… J'y vais alors.

— Ouais… Viens là. Prends-moi dans tes bras. Ça va aller.

— Merci d'être toujours là pour moi Jack. Merci.

— Allez, tire-toi d'ici avant de me faire chialer.

— Ouais !

— Bonne chance ! T'en auras besoin, dis-je en le taquinant.

— Enfoiré !

Tony est devant sa porte d'entrée, prêt à la pousser. Il se tourne une dernière fois vers moi et me fait un signe de la main. Je vais rester ici un petit moment, on ne sait jamais quelle réponse une dame peut donner lors d'une demande en mariage.

J'ai le temps de me griller une petite clope, ensuite, je partirai rejoindre Mary. Je l'ai constamment dans la tête depuis cette soirée, depuis ma tentative de... Je me sens tellement bien. Putain que c'est bon !

J'aperçois Tony qui me fait un signe par la fenêtre de son salon, le pouce en l'air. C'est que tout s'est bien passé. Très bien, je vais les laisser à leurs retrouvailles et à leur nuit de débauche.

D'abord, enlevons cette clef USB. Nick Lowe, ce n'est pas pour moi. Je sors un cd de ma boîte à gants et l'insère dans l'autoradio.

Je préfère écouter une voix grave et pénétrante, une voix chevrotante.

— *Hello... I'm Johnny Cash[12]*.

---

[12] Chanteur, guitariste et auteur-compositeur américain.

9

Il est trois heure du matin et la fête bat son plein. La musique retentit toujours autant, l'alcool remplit les verres vides, et certains cadavres gisent sur le grand canapé. Il n'est jamais très bon de mélanger drogue et alcool. Pour ma part, je sais arrêter à temps. Il y a quelques années, j'ai fait un coma éthylique avec trois grammes vingt-sept dans le sang. Autant dire que je n'étais pas très joli à voir. Je ne me souviens de rien, c'est le trou noir. La seule chose dont je me souvienne, c'est de mon réveil à l'hôpital et de ces tuyaux insérés dans ma gorge et mes narines pour laver mon estomac. Le médecin m'a dit que j'aurais pu y passer. Je suis d'accord avec lui, j'aurais pu y passer. Faire un coma éthylique à seize ans, c'est trop jeune.

— Jack !
— Mary.
— Enfin de retour. Alors ? Raconte-moi tout. Sonia a dit oui ?
— Oui, et ce n'est pas tout. Tony va être papa.
— T'es sérieux ? Mais c'est génial !
— Ouais, c'est énorme ! Je ne m'y attendais pas, dis-je en lui prenant la main. Ça va toi ?

— Oui.

— Je ne suis pas en retard pour le gâteau ?

— Si, malheureusement. J'ai soufflé les bougies, le gâteau a été servi, tu arrives trop tard Jack Morrisey.

— Merde, j'suis désolé.

— Je te pardonne, tu as une bonne excuse. Mais... Tu sais, il me reste sûrement une bougie sur laquelle je n'ai pas encore soufflée, me dit-elle en se pinçant les lèvres.

— Je...

— Merde ! Te retourne pas Jack ! C'est eux !

— Hein ?

— JACK ? C'est toi ? Putain, ça fait un bail ! Comment vas-tu ? Hey Théodore ! Regarde qui est là. C'EST JACK ! hurle Simon.

Eux, ce sont les frères Théodore et Simon Dupondt, de vieilles connaissances. Quand tu en vois un, l'autre n'est jamais très loin. Ils sont gentils et ont toujours une bonne histoire à la con à raconter, mais pour s'en débarrasser, c'est extrêmement compliqué.

— Salut les gars. Vous allez bien ? demandé-je.

— Ouais, ça fait plaisir de te voir Jack, répond Simon.

— Je te souhaite un très bon anniversaire Mary, rajoute Théodore.

— Et merci pour cette délicieuse soirée, surenchérit Simon.

— Merci les gars. Je suis... très heureuse de vous compter parmi nous ce soir.

— Tout le plaisir est pour nous, disent en chœur les Dupondt.

— Nous devons nous absenter un moment Jack et moi, leur dit Mary. Faites comme chez vous.

— Ah non ! objecte Simon. Ça fait tellement longtemps que

nous ne nous sommes pas vus. Oh mais attendez ! Une idée lumineuse vient de traverser mon esprit. Allons fumer un petit pétard tous les quatre.

— C'est une merveilleuse idée, affirme Théodore.

— Ouais, pourquoi pas ? Allons fumer un petit pétard, dis-je d'un ton amusé à Mary qui me regarde avec de grands yeux.

— ... OK ! Vous avez gagné, répond-elle. On fait une connerie là Jack, me murmure-t-elle à l'oreille. Ils ne vont pas nous lâcher.

Nous voilà tous les quatre dans la serre située à l'extérieur du manoir. Mary disperse les cendres de sa grand-mère à proximité de jolies jonquilles. De la tristesse se lit dans ses yeux. Je la prends dans mes bras et la console en trouvant les bons mots.

Nous nous dirigeons ensuite vers les Dupondt qui se sont installés sur un petit coin d'herbe. Je m'allonge sur celle-ci, Mary pose sa tête sur mes jambes, Théodore allume le pétard, Simon tape dans ses mains, le grand bordel peut maintenant commencer.

— Vous êtes ensemble ? nous demande Simon.

— Oui, réponds-je.

— Vous faites un très joli couple, dit Théodore.

— Oui, un très joli couple, affirme Simon.

— Merci les gars, répond Mary. Bon alors, vous racontez quoi de beau ?

— Nous sommes retournés au lycée, nous voulons repasser le bac, dit Simon.

— À trente-quatre ans ? Vous êtes sérieux les mecs ? questionne Mary d'un air amusé.

— Très sérieux ! L'obtention du bac est notre unique

objectif cette année, garantit Théodore en toussotant après avoir tiré une grosse taffe. Tiens, prends le joint Simon.

— Et ce n'est pas trop dur de reprendre les études après toutes ces années ? questionné-je.

— Non, pas du tout, affirme Théodore. Certains cours sont plus compliqués que d'autres, mais dans l'ensemble, ça le fait.

— Ça me fait penser que nous avons une épreuve de sport mardi après-midi, précise Simon. Tiens, prends le pétard Jack.

— Merci mec !

— Ouais, il va falloir courir le cent mètres, dit Théodore. Putain, j'aime pas ça !

— Le truc c'est qu'il faut bien partir. Et après, faut être le plus rapide pour finir premier. Il faut aller vite... Sinon, tu peux pas être en tête, lui répond Simon un peu défoncé par le joint.

— ... Le conseil que je peux vous donner, c'est qu'il faut tout oublier. Jusqu'à votre propre existence. Vous y arriverez, c'est certain, leur dis-je. Putain, elle est bonne votre herbe ! Tiens Mary.

— Merci Jack.

— Vous croyez aux extraterrestres ? nous demande Théodore.

— C'est quoi cette transition à la con ? demande Mary. J'en sais rien, jamais vu.

— Notre grand-père, lui, en a vu, nous assure Simon.

— J'me sens pas très bien là, dis-je amusé par les effets du cannabis.

— Vu pour de vrai ? questionne Mary.

— Enfin, pas les petits hommes verts... Mais il a vu une soucoupe volante dans son champ, lui affirme-t-il.

— Trop génial ! Et ensuite ? demande-t-elle. Tiens Léo, prends le pétard. J'crois que j'ai trop fumé.

— Non, c'est pas génial Mary. La suite est moins cool, répond Théodore.

— Ce jour-là, dit Simon, mon grand-père était avec son fusil. Il a tiré en direction de la soucoupe, et elle a disparu d'un coup, comme ça.

— ... Et il est où le problème mec ? questionné-je.

— Le problème Jack ? C'est que ma grand-mère se tenait en face de lui... Elle a pris la balle en pleine tête, précise Théodore en mimant la scène.

— J'suis défoncée, dit Mary.

— T'es blanc Jack, me fait savoir Simon.

— ... J'aimerais pêcher en haute mer, précisé-je en regardant dans le vide.

— Bon, j'crois... qu'on va y aller les gars, dit Mary en se levant.

— Très bien. On va rester encore un petit moment ici, répond Théodore.

— Merci à vous pour ce digesplif les Dupondt. J'vous dis à bientôt et bonne chance pour les examens.

— Merci Jack ! Tu veux une soufflette Simon ?

— Bien sûr Théo !

L'effet hallucinogène de l'herbe que nous avons fumé commence à se dissiper une fois à l'intérieur du manoir. Mary glisse sa main dans la mienne puis me regarde avec tendresse.

— Viens avec moi Jack.

Nous montons les escaliers et traversons le couloir jusqu'à la porte de sa chambre où nous nous embrassons longuement. Et c'est une fois de l'autre côté que le mot intimité prend tout son sens.

Mary m'allonge sur son lit et éteint la lumière. L'obscurité

envahit petit à petit la chambre jusqu'à ce que l'éclairage
tamisé des bougies révèle son corps entièrement nu. Je trouve
ce moment très romantique. Sur ce point précis, les femmes
savent bien mieux y faire que les hommes.

Je ne veux plus penser, plus parler. Je veux simplement
m'abandonner à ce moment où nos corps se mettent à danser.
Les points cardinaux n'existent plus.

10

Où suis-je ? Je ne vois rien, il fait trop noir. Je... Je suis assis et accoudé à ce qui me semble être un comptoir. Je n'ose pas bouger. Je ne perçois aucun bruit. Pas une voix ne se fait entendre dans ce silence assourdissant. Il n'y a rien, c'est le néant. J'ai peur, je panique.

— AIDEZ-MOI !

Une main se pose de suite sur ma cuisse, mon sang ne fait qu'un tour. Je n'ai pas le temps de reprendre ma respiration que le larsen d'une guitare retentit à pleine puissance, suivi par quelques accords très... Hard rock. Je suis tétanisé et sur le point de me pisser dessus. La lumière illumine aussitôt l'endroit. Je tourne la tête sur ma droite pour voir qui est la personne qui vient de poser sa main sur ma cuisse. C'est... un nain. C'est juste un nain qui me tend une bouteille de bière. Je regarde alors tout autour de moi et me rends compte que je suis dans un bar.

— C'est quoi ce bordel ? Qu'est-ce que je fous ici ? demandé-je au nain.

— Bonjour Jack, me dit une charmante jeune femme sur ma gauche.

— Qui... Qui es-tu ? Comment j'suis arrivé là ? Je... J'suis en train de rêver, c'est ça ?

— Ou pas ! me répond-elle. Peut-être que quelqu'un t'a drogué puis déposé ici ?

— ... Connerie ! lui affirmé-je.

Le nain tourne brusquement le tabouret sur lequel je suis assis et me décroche un violent coup de poing au ventre. Il grogne puis me fait un signe avec son index pour me faire comprendre qu'il ne faut pas parler de cette manière.

— Va te faire foutre toi aussi ! lui dis-je en toussant.

Il fronce les sourcils, me refait un mouvement avec son index et me lance à nouveau un coup de poing démesuré à l'abdomen.

— Putain, vous m'faites chier ! J'me tire.

— Et pour aller où Jack ? me demande la femme.

— Rejoindre ma petite amie.

— Mary ? C'est ça ?

— Et comment tu sais ça ?

— ... Tu as parlé d'elle pendant ton coma sur le comptoir. Tu m'as l'air de beaucoup l'aimer.

— C'est le cas. Bon, j'me casse, j'dois savoir ce qui s'est passé. Passe une bonne soirée avec ton nain.

— Attends Jack ! Tu ne sais même pas où tu te trouves. Laisse-nous t'accompagner Jack et moi.

— Jack ? Ton nain s'appelle Jack ? Putain ! Tu t'fous de ma gueule là ?

— Non, je suis sérieuse.

— Et merde !

— Sortons d'ici. Nous allons te conduire chez ta petite amie.

— Et vous voulez quoi en échange ?

— Rien ! Nous voulons juste t'aider.

— ... OK !

Nous sortons ensemble et marchons. Je ne parle pas. Il n'y a rien à dire. Je ne comprends toujours pas comment je me suis retrouvé dans ce bar. M'a-t-on fait une mauvaise blague ? Ai-je trop mélangé drogue et alcool au point de ne plus me souvenir de ce que j'ai fait ? Ça ne peut être que ça, c'est certain. Mary va m'en vouloir d'avoir déconné à ce point. Elle ne me le pardonnera jamais. Je viens de tout foutre en l'air encore une fois. J'aurais dû appuyer sur la gâchette. Je ne suis qu'un crétin, un crétin fini.

— Nous sommes arrivés Jack.

— ... Oui, c'est ici. Merci à toi.

— Allez, va rejoindre ta bien-aimée.

— ... Ouais ! Merci à vous de m'avoir raccompagné.

Je descends du trottoir et marche sur la route. Arrivé au milieu de celle-ci, je me retourne une dernière fois vers mes nouveaux amis. Elle me fait un signe d'adieu avec sa main, et lui me fait... un putain de doigt d'honneur. Enfoiré de nain !

En me retournant, un klaxon et des crissements de pneus se font entendre. Un camion arrive à vive allure dans ma direction. J'aperçois le conducteur apeuré dans sa cabine qui tente de tourner son volant pour éviter de me percuter. Je n'arrive pas à fuir. Je suis tétanisé par la peur.

— MARYYYYYY !

— Jack ? JACK ! Réveille-toi !

— Mary ? C'est toi ? demandé-je affolé.

— Oui, c'est moi, répond-elle en passant sa main sur mon front. Je suis là. Ce n'est rien, tu as fait un cauchemar.

— ... C'était angoissant. Il y avait une femme et un nain. J'étais dans un bar, tu n'étais pas là. Je voulais te rejoindre, et puis, un camion... Un camion m'a roulé dessus, lui expliqué-je épouvanté.

— N'aie plus peur, tout va bien.

— ... Ma queue ? Elle est toujours là ?

— Laisse-moi vérifier, dit-elle en glissant sa main en direction de mon entrejambe. Oui, elle est bien présente et en pleine forme.

— Hannnn...

— Pendant cette phase de branlette matinale, j'ai quelque chose à te dire Jack.

— Hannnn... Je... t'écoute.

— Quand tu étais avec cette femme et ce nain, je pianotais les touches de mon ordinateur.

— Oui... Ne t'arrête pas.

— Je me suis laissée guider sur un site de réservation en ligne, poursuit-elle en m'embrassant sensuellement le cou.

— Continue... C'est bon.

— J'ai... Je nous ai réservé une chambre d'hôtel dans le sud de la France pour aller au concert de Bob Dylan[13].

— Hannnn... QUOI ?

— On dirait que cette petite gâterie t'a plu.

— Dylan ? Toi et moi ? T'es sérieuse Mary ?

— Très ! C'est une légende vivante. Et puis, il est canon.

— ... C'est dingue ! Tu es dingue ! Et nous partons quand ?

— ... Dans quatre heures.

— Quatre heures ? Merde, faut que je passe chez moi pour rassembler quelques affaires. Je n'ai pas une minute à perdre.

— Tu as largement le temps. Je vais préparer ma valise et attendre ton retour.

— Tu es folle Mary, m'amusé-je à lui dire. Je reviens vite.

Je me dirige vers la porte de sa chambre puis me retourne

---

[13] Auteur-compositeur-interprète, musicien, peintre, poète américain.

vers elle une dernière fois. Je contemple cette femme qui remplit mon cœur de sérénité et je sens au plus profond de moi que je viens d'accéder à un niveau d'amour que je n'avais encore jamais atteint.

— Je t'aime Jack Morrisey, murmure-t-elle.

11

Me voilà à l'extérieur du manoir où je prends une bonne bouffée d'air pur avant de diriger vers mes lèvres cette douce cigarette matinale, quand soudain, des voix qui me sont familières se font entendre en provenance de la serre. Ce sont les Dupondt qui discutent, un pétard à la bouche. Ces mecs n'ont certainement pas dormi de la nuit. Ils viennent d'une autre planète ces types. Je dois faire attention à ce qu'ils ne m'entendent pas. J'avance avec le plus grand silence vers ma voiture, ouvre la porte, puis la referme sans bruit. J'insère la clef dans le contact et ma bagnole démarre. Il est temps de partir.

Je roule depuis maintenant vingt minutes. Je ne suis plus très loin de chez moi. Le feu tricolore passe au rouge. J'arrête ma voiture sur la ligne blanche comme tout bon conducteur et je me remémore cette nuit magique passée avec Mary. Mais ces souvenirs sont perturbés par le bruit que font une journaliste et son cameraman sur le trottoir. Je me demande bien quel genre de reportage ils veulent faire.

— Bonjour Madame.
— Monsieur.
— Appelez-moi Jack. Qu'allez-vous filmer ?

— Aujourd'hui, c'est le départ en vacances pour des milliers de gens. Il est encore tôt, mais d'ici une petite heure, les premiers embouteillages apparaîtront. Nous devons transmettre les images à notre chaîne de télévision, m'explique-t-elle en réglant son micro.

— Cool ! Je prends la route aussi. Je pars dans le sud pour voir le concert de Bob Dylan.

— C'est un très bon programme Monsieur.

— Jack. Appelez-moi Jack. En fait, c'est ma petite amie qui m'a fait une surprise ce matin en me réveillant. Enfin, voilà. Bon, je ne vais pas vous ennuyer plus longtemps avec mes histoires. Passez une bonne journée Madame.

— Merci Monsieur.

— Jack. Moi c'est… Laissez tomber, lui dis-je en remontant ma vitre.

Et merde, ce feu est encore au rouge. Je ne dois pas perdre de temps, il va y avoir des bouchons d'un instant à l'autre. Je dois profiter de cette circulation fluide pour rentrer chez moi et retourner chez Mary.

Je retire ma ceinture de sécurité et attrape dans la boîte à gants un album de musique d'AC/DC[14]. Il n'y a rien de mieux, rien ! AC/DC, ma religion. Angus Young[15], mon Dieu.

J'ai vu sur internet un classement des meilleurs guitaristes mondiaux qui place cet homme qui murmure à l'oreille des guitares au quatre-vingt-seizième rang. Je ne suis pas d'accord avec ce classement. Il faut le revoir. Putain, ce mec est possédé par la musique !

---

[14] Groupe de hard-rock australo-britannique.
[15] Guitariste soliste, compositeur et cofondateur du groupe AC/DC.

Bon, il commence à me gonfler sérieusement ce feu tricolore. Tant pis, j'y vais. J'avance doucement, regarde à gauche, puis à droite. Il n'y a personne, c'est bon.

— NOOOON !

— OH MON DIEU ! FILME ÇA PAUL ! Mesdames, Messieurs. Nous venons d'assister à un terrible accident de la route. Une… Une voiture est passée au feu rouge, et ce camion, que vous voyez là en direct, est arrivé au même moment. OH MON DIEU ! Il… Il y a du sang partout. Si vous avez des enfants, éloignez-les de la télévision… C'est bon Paul ? Tu filmes ?

— Ouais, j'suis dessus.

— J'ai parlé il y a environ cinq minutes avec le conducteur de la voiture. Je crois qu'il s'appelait Jack. Il devait se rendre avec sa petite amie dans le sud pour assister au concert de Bob Dylan, Mesdames Messieurs. Nous… Nous ne le voyons plus bouger. Oh mon Dieu, c'est horrible.

*

—Salut Fils !

— … Où… PAPA ? C'EST TOI ?

Lui, c'est Joseph, mon père. La dernière fois que je l'ai vu, c'était le premier avril, le jour de mes dix-huit ans. Quand on arrive à cet âge, dans la plupart des cas, c'est l'enfant qui quitte le cocon familial. Voler de ses propres ailes et tout le bordel qui va avec. Dans cette histoire, c'est mon père qui s'est tiré de la maison. Mon entrée dans la majorité a été pour moi très… bordélique mentalement.

Pour mon anniversaire, il m'a offert un paquet de tabac à

rouler.

— Pourquoi j'te vois papa ? T'es mort il y a de ça... Merde... Dix ans ! C'est un rêve, c'est ça ? Il... Il est où le nain ?

— Un nain ? Y'a pas de nain ici Jack. Et c'est pas un rêve.

— C'est quoi ce bordel ? PUTAIN !

— Ne panique pas Fils.

— Que j'panique pas ?

— Écoute, tu... Comment te dire ça ? T'es... mort.

— ... QUOI ?

— Calme, reste calme Jack.

— Non, non. Y'a forcément une explication à tout ce cirque... J'suis dans une dimension parallèle et John Lennon n'est pas mort. Un truc comme ça.

— Non, il n'y a pas de dimension parallèle non plus Jack. Tu es mort et Lennon aussi. Un camion a percuté ta voiture il y a quatre minutes et vingt-huit secondes pour être exact, me dit-il en regardant le soleil. Et... Me voilà. Je suis venu te chercher.

— C'est pas possible, dis-je en pleurant. Mary... Elle... RAMÈNE-MOI LÀ-BAS ! Tu as forcément une baguette magique sur toi ou un machin à la con. Ramène-moi en bas ! Mary m'attend. Vas-y, j'ferme les yeux. J'dirai rien à personne. VAS-Y !

— J'suis désolé Fils, ça marche pas comme ça.

— J'l'aime papa, je l'aime.

— Je sais Jack. Et elle aussi. Ne t'inquiète pas pour Mary. Elle sera forte, dit-il en posant ses mains sur mes épaules. Bon, il faut y aller maintenant.

— Aller où ?

— Là-haut, au paradis. Enfin, avant, tu iras devant Saint-Pierre. Faudra que tu dises deux ou trois Ave Maria et, ensuite, tu pourras aller au paradis.

— Alors, ça existe vraiment ? Dieu et tout ? Saint-Pierre ne va jamais me laisser passer papa, j'ai pas arrêter de blasphémer.

— Ne t'en fais pas pour si peu. Il est super cool tu sais. Il a fait la connaissance de ta grand-mère Huguette. Il l'aime plutôt bien.

— Elle est là-bas ? Elle va bien ?

— Oui, tout va bien pour ta grand-mère. Elle n'arrête pas de parler de toi.

— …

— On est à la bourre là Jack. Ce soir, Jésus organise un barbecue géant pour la fête de l'orteil, faut pas se mettre en retard.

— La fête de l'orteil ? C'est quoi ces conneries ?

— Heu… Aucune idée. Ça doit être un truc avec les Saints. Allez, on y va.

— … Ouais, j'te suis papa, lui dis-je en regardant dans le vide.

— … Elle t'aime de tout son cœur Jack.

Nous passons, mon père et moi, derrière un buisson, puis… plus rien.

*

— Allô Mary ?

— Oui ?

— C'est Tony.

— Oui Tony. Tu as vu Jack ? Je l'attends devant chez moi depuis un moment et…

— Mary… As-tu regardé les informations à la télévision ?

— … Non. Pourquoi ?

75

— C'est… C'est Jack. Il… Il est mort.

12

Salut Tony.

Si tu as trouvé cette lettre dans le magazine pornographique que j'ai laissé spécialement pour toi, c'est que je suis mort. Je suis désolé mon pote. Je te présente mes plus profondes condoléances.

Tu sais Tony, au moment où je t'écris ces quelques lignes, mourir ne me fait pas peur. Par contre, ce qui me fout vraiment les boules, c'est de ne pas savoir s'il y a réellement quelque chose après. Avons-nous inventé les Dieux pour nous permettre de nous endormir en paix ? J'espère que non. J'espère que les croyants ont raison de croire. Mais au plus profond de moi, j'ai bien peur que la mort ne soit éternelle.

Alors, il y a le souvenir Tony, le souvenir. C'est la raison pour laquelle je pose sur papier ces mots du bout de mon crayon. Ce que tu tiens dans tes mains mon ami, c'est mon testament. Et les choses qui vont suivre, mes dernières volontés.

Pour commencer, je ne veux pas être enterré. C'est hors de question que je me fasse bouffer par des bestioles. Tu m'entends Tony ? PAS D'ENTERREMENT ! J'opte pour la crémation. Ce sera plus écologique pour tout le monde.

Ensuite, je veux que tu montes sur Paris et que tu te rendes au cimetière du Père-Lachaise pour que tu y disperses mes cendres. Si la vie existe après la mort, je veux pouvoir rencontrer les grands qui ont fait ce monde. Trouve-moi un endroit adéquat pour une concession à perpétuité.

Et puis, il y a mes vinyles, ces bons vieux vinyles. Tony, mon ami, ces disques sont de fabuleux trésors, n'en doute pas. C'est LE rock, le vrai. Pas celui que l'on peut écouter de nos jours sur les ondes radio. Non, là, ce que tu tiens dans tes mains, c'est la source, le Saint Graal. Le rock est mort il y a des années Tony, et il nous a laissé un putain de vide. Tout est sur la table. Il n'y a rien d'autre à espérer.

Alors, il me faut les offrir à quelqu'un. Et j'ai pensé à Charles-Henri. Donne-lui mes vinyles, ce mec est un puriste.

J'en termine avec toi mon ami, mon frère. Tout d'abord, en ce qui concerne le magazine pornographique dans lequel tu as trouvé mon testament, il t'appartient maintenant. Il te plaira, j'en suis certain (y'a des gros nénés).

Puis, j'en viens à la chose essentielle et existentielle pour toi. Tu as toujours voulu éclater ma guitare contre le sol. Ton rêve devient réalité, elle est à toi Tony. Éviscère-la à en faire pâlir de jalousie Kurt Cobain[16].

Voilà, je pense que j'ai fait le tour.
Je m'excuse vraiment pour ce suicide. Je sais, ça craint ! Il y a du sang partout sur le tapis et tout, mais ça a été le bordel

---

[16] Guitariste et chanteur du groupe Nirvana.

pour moi ces derniers temps Tony. Alors, ne me gueule pas dessus. OK ?

Je t'aime Tony, je t'aime.

Que Dieu protège le rock... Et nos femmes.

Jack MORRISEY.

PS : Si un jour tu aperçois Mary. Tu sais, cette fille, belle comme le jour. Dis-lui ça. Qu'elle est belle comme le jour.

Remerciements

Merci à mon frère Onizbar, à mon capitaine Jisbar. Merci au Bang Gang Clan, à Julia pour toutes ces virgules supprimées. Merci à ma femme pour sa grande patience. Merci Marianne pour le temps que tu m'as accordé.

Merci à toi lecteur.

BABIN Jérémie.

19 rue des Chauvelles, les grandes rivières.

17220 Sainte-Soulle.

Imprimé par CreateSpace.
Dépôt légal : Janvier 2017.